U0021757

決鬥那天
The Art of Rivalry

陳柏煜

1.

3.

天很熱，到處是凱布萊特
要是碰上，不免大幹一場

——威廉·莎士比亞，《羅密歐與茱麗葉》，第三幕，第一場

The day is hot, the Capulets abroad,
And if we meet, we shall not scape a brawl

——William Shakespeare, *Romeo and Juliet*, Act 3, Scene 1

粉 紅 結

粉紅結	很私人
關於	常用藥品

資料夾	裝有
重要關係人	影印本

粉紅結有種不好說的香氣——

越老的朋友	值得
越小的剪刀	來剪

且縱容他	的演員天分
極目	山邊出口
有人工光	；杯底
仙子	裝模作樣

（沿著公共浴室的隔間）

粉紅結	藍粉紅結
湯勺般	乳鴿子，瑜珈過的

二十七歲情人　什麼都好
朋友好　　　　藥沒話說
鴿子當然很好　會講韓文

雲中君，手打著粉紅結，逢人便送

又醜又胖　　　處女座
且縱容他　　　用逗點
，餵狗　　　　改天
不如　　　　　拿鐵
消方塊　　　　趁著

亂　　　　　　這世界！——
若有車位　　　去花博公園
明則野　　　　餐／暗則裸（切換

輸入法　　　　別有
一番　　　　　派派的稜角）
超商打折之後

試著去計較　　粉紅結
不然　　　　　射射飛鏢

茼 蒿 進 入 宋 朝

觀看它 　（歐洲的庭園）
茼蒿進入宋朝——
交易了　產生出　誤會過
眼睛　　含在口中
仕女們吃著綠色羽毛

他愛吃冰，他跑馬拉松。
他是雙子座嗎？

新來的同事 （已追蹤）
從第三排冷藏貨架
選中討厭的食材——

只有半個我　讓他帶走
共進晚餐　　（他公寓可以養狗？）

仕女　一烹調　急遽縮小

不見的部分一定是
進入宋朝；如果我也進入宋朝
交易了　產生出　誤會過

天生　　另一種性傾向
物性　　另一種直觀的

想像。
他知道如何使用茼蒿

進 出 口

這事越來越難。

我是說寫信　　　這回事
表明心意　　　　這回事
越來越難　　　　從想法到文字

轉檔失敗那天，我買了很好的抗噪耳機。

強化包覆感　　　多想想太陽：
永動的　　　　　一台
寫信機　　　　　於藍色天空擬稿
精準地　　　　　劃格線

塔蒂亞娜那樣的寫信機 [1]，對方說最好保持社交距離。

聽說抗噪　　　　原理
是發出　　　　　其他的聲音
太極陰陽　　　　之類？我想
發出噪音　　　　獲得安靜

失去信任感那天，我弄了一盆灰灰白白的肥皂水。

四座城門封閉　　人人清點數量
我是說寫信　　這回事
按捺了　　從文字到想法
港口　　低等級警戒

請準備身份證件以備查驗。

重合需要習慣　　總之
就這麼回事　　穿刺術
著火　　與逆流

（暫停開放的大眾池
有一尾無精打采的龍。）

預約參觀　　新會員
更理想　　沒有蓋章
呼吸困難縱使　　善意提醒幾乎

社群媒體是一座花園。

必要的時候　　請助理寫信
到高處瞭望　　理由與
箭竹的分布　　（記得拍照）

別問你我的關係

也是推薦的。

你有病　　　　我有病毒
你獨攬大權　　我外包廠商
（財富）自由　（經濟）獨立
浪得虛名　　　浪擲光陰

把夢帶到現實這一邊。

---

¹ 歌劇《尤金・奧涅金》，女主角塔蒂亞娜的「寫信場景」。在猶豫
與糾結中，塔蒂亞娜提筆寫信，向奧涅金表露真情。隨後奧涅金回
信婉拒，語帶輕浮與推託。

在 愛 的 帝 國

這事越來越難。

你也看見了我們的上空電光交錯,開碰碰車只是繞場的男孩。

該為你點播冒險的主題曲,還是不無勾引的求救信號。

高朋滿座,依然聽見你開門。像一頭小老虎走進來,向熟客點頭。

弧線一條不正經的壞笑。彩色的外框,兌幣機前。

防風大衣雙雙滑落。

好比一秒漲滿室內的閃光燈。宙斯男孩。伴侶諮商失敗又如何呢。

螢光的泡泡中,迎接漸層色的新年。

針對視訊鏡頭弓起手臂。有人會在生日替你租個燈箱?

只是繞場,然後結帳。

全套的運動服,快速抽取紙巾。人們預備著可怕的計畫與美麗的事實。

鄰座間隔紫色與綠色的男女，等待點石成金。

向人工物學習。辨認快閃的名流。更多短視頻與私房景點。

也遞送對話框那樣填滿註腳那樣的小字。

基本禮貌是搜索獵物同時也要和點頭之交合影。

偷拍與反偷拍。遮擋而過曝的手掌。

小老虎，你得提防替換電池的男孩運送秋波。

但關於逢場作戲，我的意見是就算不是原唱又何錯之有。

在愛的帝國裡，綠草如茵，供應奶昔。

動畫彬彬有禮，布簾後有恰當的銅鏡。金色的山河中你向他走去。

暗影裡又向我走來。似乎拿不定主意。

當波浪狀的樂曲，當惰性氣體，當侍者端上新興刊物的托盤。

雙方緊張的褲檔如飽滿的烏雲。

小老虎你有最弱的理由也有最強的理由。

綠　線

靠在飯店冰冷的鏡子上
我想著一個殘忍的問題

聽說把渦蟲切一半
左邊會生出右邊
右邊會生出左邊
被斬首的
會重新生出腦袋

我想趁尚未恢復意識前
在你的身上畫一道綠線

彷彿使乳牛身軀不規則的色塊
彷彿口中對折的口香糖

想讓那綠線深深
揉進你肉色饅頭般的身體
局部的你會抗議局部的你
然而沒有任何局部能把責任釐清

作為渦蟲事情會容易很多

可惜我和你都不是渦蟲
不好意思只好在你的肩膀或側腹畫上綠線啦

彷彿使它背起各式各樣的包包
彷彿把美洲大陸劃出更多更細微的州

要怎麼擺脫
因為那件事而分裂的自己呢？

步出豪華光暈的大廳
發現氣溫降低了
從路面的狀況判斷
雨也持續了一段時間
我瑟瑟發抖
心想要堅持住別去 Uniqlo 買一件新外套
別去啊、別去啊我心想

我和你並肩走了一段路
等紅綠燈

請　柬

1

請柬是白色的

幾塊編織在請柬上是為內容。

想像你摸透規則如同摸過我泛白的刀傷。

但你根本摸不透它：

它是新的。

一道亮白的綢緞。

就像岩漿流過的地表。

它的意圖高於所有地圖記號的位階。

因為那是專門為你設下的規則。

而你就像玻璃盒中的一隻小蟲。

規則是，你使勁伸手也抓不到

望遠鏡裡的星星。即使是億萬年前星星的幽魂。

就像杜象的規則是，玻璃裡的單身漢

抓不到漂浮在上方的新娘。

每一張請柬都屬於

更大的一張請柬。可以這麼說。

只要你進入情境，我就逃到情境之外。

聽說有個詞叫做鏡框式小說。

我的工作就是為鏡框加上新的鏡框。

2

請柬是白色以外的所有顏色……
你看見裡頭的粗野。
看見蠟質的綠色大葉子
鑲嵌紅色的葉脈。
它盛裝的晚餐必然劇毒美味。
它遮蔽的裸體必然美味劇毒。
就像公廁骯髒磁磚之中的一塊鏡子。
單身漢共有九名。
譬喻因運輸破裂。
而我——
想像你的眼角就是我的眼角
想像岩漿緩慢地吞噬地標
想像你我的睪丸
其間有種快樂與痛苦對換的機制
正以最直白的羞辱
潑灑、塗改
以宣言以汙垢以簽名
為了保護請柬的原稿
……你會正裝皮鞋依約前往 X 嗎？
混亂的規則，混亂的隔間
每個隔間中都有更小更美的便池。
便池的臉有一粒珍珠眼淚。
你用刀子一層一層刮除它。

瀑　布

該登場了，我還沒有準備好。

當河水通過地勢落差稱為瀑布。他們示意我繼續前進。

前方的人不知去向，後方有人等待。排隊很久才到這裡。

對了，瀑布沒有號誌燈。

綠菊花斜靠，將房間分為左上與右下的構圖。

不知道為什麼附近這麼多精品旅館。

隊伍起頭不久我聽見的，以為是吸塵器或獅子的吼叫，是瀑布的聲音。

絨的葉子。他肩背的弧線或某個細節，讓他近乎不是陌生人。

如果有一天，所有的噴水池選擇噴火。

隊伍於屋內迂迴，人們不知道自己身處何處。手機沒有訊號。

他的雙腿，剪刀一樣鋒利。

筆跡在透明資料夾後，收進黑背包。

斜眼看過來的他，是在廁所與我互相打量的男人。

廣告非常好用，記得儲存一些，放在不知所措的談話中。

紙杯不建議重複使用，但乏力的它更令人喜愛。我重複，我重複。

將一座陶瓷小便斗放進美術館，並叫它「噴泉」。同意了，他也是現成物。

把中藥包裡的每一粒粉末倒乾淨。那個男人曾這樣抖著我的領子。

廣告與紙杯不再夠用。上面的字也無法識讀。

遊樂園的水道飛車，乘坐者分成兩派：緊抓握桿與高舉雙手。

無論如何都會照相，表情管理才是重點。

凡是他留下的證物，下方都要墊上廁紙。

我不會告訴你瀑布到底是什麼樣子。

數小時前我和他對坐，一同映上落地窗，成為夜景。當時我就該曉得。

懸浮在虛空中。就像旅館走廊的緊急出口照明。

三層蛋糕。他會挖空中間，再合起來。我說過我還沒準備好嗎？

塗上油膏的地方，光澤柔和，增加了某些厚度。

瀑布就像我曾經看過的一幅畫。

畫中的教皇在王座上發出垂直線的尖叫。坐上水道飛車。

瀑布就像。

桌面的水成為漬的前一刻。

釋 迦

雜貨店有賣一種綠色圓點的貼紙，我買來貼在食物的外面。

放進與室友共用的冰箱，一眼就能認出來。

綠點是我的，沒有綠點就不是。但我也可能忘記貼上綠點。

從冰箱拿出食物，我在白色的輕煙中把它撕掉，把綠點隨手貼在冰箱門上。

不久，那兒形成了一個綠點的集團，看起來像釋迦。

它越長越大，幾乎是過於具像地表達消滅，準確地說，由於我而造成的消滅。

望著那顆釋迦，就像望著鏡子裡的某個東西。

它所代表的物質，既不在門的裡面，甚至也不在外面。

意義、能趨疲、業障。形成薄膜。

我的貼紙用完了。所有的食物暫時都是室友的食物。

山體中岩層擠壓、錯動，發出巨大的聲音。

彷彿山熟透了，就會沿著特定的紋路裂開。

我也走在一座山上。

我想起卑南族的獵人朋友告訴我，獵到動物時要唸禱詞。

我感謝你。你的肉、能量。你會是我的一部分。

獵人首時使用的是同一段禱詞。他說，敵人成為朋友。

他們給了我一個綠點。

獵人指向車窗外。那片箭竹林是過去舊部落的所在地。

一個又一個貼回新的受力面。這是第二次，可能還會有第三次。

一塊顏色深淺不同的皮膚，在冰箱的背上。

直到失去黏性。

蕉 葉 上 的 裂 縫

朋友說

有一種　　植物生活

風行在年輕人之間

他們都單身、

施打過疫苗、且熱衷社團活動。

朋友遞給我

一張綠色的、名片大小的簡介

上面告訴我

（細白的小字任誰來讀都很吃力）

　　植物生活

舉辦過展覽與音樂節

前者聚焦植物的通勤

植物感性則是樂隊的標題。

說真的我沒有被打動

（植物、生活、展覽、音樂節）

但它讓我想了想

自己到底不算擁有過一種

選擇過一種

而我

無趣的像便宜盆栽

好色的像小花蔓澤蘭

何妨一試？
花費、門檻、副作用
都沒有的（那還管它是什麼！）
　　植物生活。
我把久租的房子退了
和男朋友們分手
（全部都留給朋友）
離開的那天
不知為何才突然開始傷心。
我（依照指示）
機車騎過右邊第三條岔路就放開手
進入蕉葉上的裂縫。
那天是
五點四十分開始下雨。

雕像的背面

1

從我寫作的窗子
能看見一座雕像的背面：
噴泉乾涸多年
站在那裡
他的姿勢因此欠缺某種活力某種
摔角遊戲的阻擋與順應
而水流與魚群會歡呼將他
從底部抬升。他沒有
這種旁若無人，以及
過分強調當下的戲劇的色情
他站在那裡
就像憑一己之力
攀登到那裡。

2

高台上，他動也不動
像一座雕像
心神卻繼續前往
一座看不見的山頭。輪廓
是檢查站旁停放的車輛

但不意味
他選擇放棄蟬蛻般的身體
一道拒絕消失的殘影──
未來，也許就是下一刻
他會回來並且
提著敵人的頭回來。他
進入自我的心靈
搜尋一個
同樣俊美同樣年輕同樣壯碩
的青年
約定在惡地見面
像狗，從氣味判別彼此
當下就明瞭
誰在日落之前
會提走誰的頭顱。

決 鬥 那 天

終於我們達成共識。

於是銀帶綁上屋頂的竿子在風中扭動。

鄰居皆來道喜。

忽忽若有所亡。

放棄傍晚過後例行的偵查。

與仇人製造太多桃色新聞。

理念與肢體衝突仍然是俊逸的。

我的房間保留你的把手，沿著把手攀爬會通往遠方的惡地。

扭動的銀色緞帶正替人們解決問題。

我的水管不時被打破因此我也打破別人的水管。

哦遠方的惡地。

那是你與我小題大作的老地方。

斑鳩低空飛過菅芒與沙石。

很遺憾我們有了共識。

出神的狗被各自帶回。

氣味還在現場。

……從它所有的邊界，

迸發如星子：因為這裡沒有一處

不看見你。你必須改變你的人生。

——萊納‧瑪利亞‧里爾克，〈古代阿波羅雕像殘軀〉

......aus allen seinen Rändern
aus wie ein Stern: denn da ist keine Stelle,
die dich nicht sieht. Du mußt dein Leben ändern.

——Rainer Maria Rilke, "Archaïscher Torso Apollos"

貓 呼 喚

貓呼喚著春，隔著玻璃
我感覺貓在呼喚我
它的午後雷陣雨，隔著玻璃
呼喚我，就像隔著一層雲
渾身金毛的太陽向
地下室的我呼喚。

貓呼喚著詩，隔著玻璃
有人寫上數十行定稿。
當大樓的電梯停在 R 樓。它不叫了。
上頭傳來抽水馬達的運轉聲。

我是春天！包裹玻璃紙
的春天，我回應它
將嘴湊上水管向大樓頂、水塔上
砸壞路燈的雨中呻吟的貓通信——
我是一首將要發表的詩，我是！

橋

喜鵲造訪，它說：pica pica
沒有一隻喜鵲會這麼叫。
學名：人形的喜鵲叫著匹卡匹卡

灰色的棉絮在烘衣機像龍捲風
烏雲快速其中也有《創世紀》上帝的袍子
從衣服脫落的語詞累積為棉絮

微光接收訊息。收到指令，它
從內部摸一下打卡鐘，從插座
反手關上門。『　　　』離開

之 外

隔壁的電鑽
午睡之後，無預警
攻擊公寓外部：巨大的
存在感冰咖啡後清醒的啄木鳥
試探地敲兩下門如每個
不得其門而入的
鄰居那樣敲著我的屋頂
好像公寓過度包裝
很難下手，接縫、透明膠帶
極其世故地隱藏
在花紋下，就像每個人都知道
要找鑰匙就要去花盆下找
原理相通。啄木鳥
似乎放棄當綠羽毛的啄木鳥
（我是漂在咖啡中的冰塊
能夠透視無法觸碰傾向融化
噪音無法調整我的角度）
噪音似乎放棄當紅色
多邊形的噪音，開始模仿雷聲
我的杯子產生些許共鳴
雷聲滾動如幼小獅子頑皮之挑釁

貓滾著魔術方塊，我過度包裝的公寓
隱藏九種解法。電鑽就是想
戳破我，因此午睡後重複按錯密碼鎖
（樓上的鄰居也時常少爬一樓
就窮盡智力與感性打動我）
雷聲積木灑落屋頂
我舉起叉子抗議
我舉起手機無線基地台抗議
我舉起啞鈴抗議

之外的世界
行人與啄木鳥
公寓與噪音共享了一場淋漓盡致的大雨
所有人都和陌生人共乘了計程車是如此大雨

野 餐

窗玻璃的長方體中
假裝野餐，當然不夠野
太陽過於野生，室外垂掛瘋狂的光
光的紫藤。我的頭上橫著木頭
燈泡也假裝，鐵絲暗示著某種花萼
結構。我在多此一舉
通電的小恆星下寫著一行、一行
詩句，離席之前，意義不明
如扮家家酒：塑膠刀叉、垃圾食物
塑膠草原、垃圾星期天；我殷勤
招待，客人卻時常被我
趕出房外。詩是某種花萼
本身不放光，因為圍繞
核心；離席前
橘色溫暖發亮之物
聚攏，倒吊
拉長身體
我的水杯裡也注入橘色
我的刀叉爬行螞蟻
我的野餐墊上落滿萬葉假名

薄荷夜

薄荷夜，高速公路如此疊床架屋
飛機如此疊床架屋
生活在一株頗有層次的薄荷上
生活重複的部分並不復疊而是向上架高

憂愁的今夜之我向（樓下）
清涼的昨夜之我伸手——
不敢高聲交涉
怕掉落鏡面的冰塊字在臉上起漣漪
危樓百尺因而在風中傾斜

黑綠的高空，緩緩爬著螢火小蟲
如松尾芭蕉所述，歪歪倒倒
不小心掉進
雲朵灰牡丹深處

栗 林 公 園

當我進入園子時
已有千餘株盤根錯節的箱松
歷經歷代匠人細心修剪
如猿如野鶴如層巒疊嶂的地面綠雲

譬如活的教堂，箱松
非一人之力可得，當我修剪
詩句時不時提醒觀覽的遊人及
雅好天才之思的自己

直 島 上

漆黑的海邊
電動車被歸還，在庫房
連接著線路如被擠奶的牛群。
空的港口邊
觀光客也被歸還
「請帶走不屬於島上的垃圾」
告示是這麼說的。

在這漆黑的被歸還之中
是誰
網開一面
是誰
自投羅網
在這紫黑色的潮聲裡
被掌聲鼓動出來
一具空的白船蛸。

別稱紙鸚鵡螺──
多像日本人會發明的玩意兒。
它並不是真實的生物也不是工藝品。

（一群作著夢的電動車在天空飛馳而過）

是誰
安置盆栽般，展示
空的礦物；是誰
在山旁邊擺放假山「‧。」

這是上個世紀瑪莉安‧摩爾
所拋出的船蛸嗎？

維納斯誕生。她分泌
軟殼（電力輸出般）然後
雌章魚旋即消失無蹤

被歸還了的
網開一面。

她
近乎色情地邀請我
成為囊中物。
我揣著背起來的詞
深入其中
（紛紛迅速遺忘流失）

我是
暗中放置假山的水手
（在空的垃圾中）
我將是

某人的桃太郎。

檸 檬 的 情 歌

梨形玻璃的私宅
傳來那女人哼唱的情歌

她準備四色便當
昨天方從收音機聽來的調子
隨她在梨形玻璃的燈籠中
來來去去——
滿六十歲的她
對種下這檸檬的人
已經沒有戀愛的想法

檸檬在籬笆上唱情歌
為什麼說是情歌而不是別的呢
從昨夜就響個不停的玻璃
太一廂情願了吧——
那個曾稱為丈夫的人
隨著偶然的電波回來

面對砧板時
她臉紅了
隨即她嘲笑自己

酪梨讓她想到屋頂
小公貓的那玩意兒

樹叢上的檸檬
在那粗糙身體上的
是所謂露水吧
十二點前做好飯
兒子與媳婦會開車過來載她上山

願 意 的 五 月

淺綠，窗玻璃因為樹淺綠
細小，鳥因為窗玻璃細小
願意的五月，趴在很好的寫字桌
信紙上蓋上光與窗花的浮水印

打開窗，演奏鋼琴打開琴蓋
室內外通風時鳥也可以演唱《詩人之戀》

你的手捏著筆，捏著詩
詩捏著戀愛。願意的五月把信捏成樂團

寫字桌上淺綠的立扇
（曖昧，句子因為窗花曖昧）
紙隨著它浮起來、落下來
你細小地流著汗。戀愛是枚很好的浮水印

在淺綠細小的曖昧中
有一隻小鳥告知了不回答的六月

金卷芳俊

少女的繞圈是舞，她握著的
　少女的花也是少女。愛人珠寶盒之眼中
　　少女的臉是蜂巢表情包；嘴唇俊俏浪蕩子背後
　　　少女的憂心是複雜摺紙攤平的紋路。依然是那名
　　　少女步入禮堂端莊像菩薩像奶油蛋糕裝飾。我想起
　　　少女小時候拿手的表演：喜悅眼睛憤怒鼻子哀傷嘴唇
　　　少女的連續特寫抽動光滑的緞帶。相機觀景窗中我看見
少女帶著每張臉像一株走路的百合伴隨環繞的花蕊

池 田 亮 司

黑色會復仇
白色如果讓警察知道
黑色現代美術館
白色待業上班族
黑色架設直線、平面、立體之黑色電塔
白色搞冷氣費解的音樂白色視覺化
黑色假設煙火不破壞
白色乾脆消滅第四台

黑色，演算未知數 XYZ
白色：無所謂
黑色，暴力地思考靜力之平衡
白色：冰塊內的閃電是全知全能者

泳 池

1

我害怕
高高的梯子上的救生員
他坐在高高的地方
他坐在一張飄在空中的椅子

2

房間不能鎖門
音樂不能進來
我是一架瘋狂的水車
水化解不正確的力道

3

練習水母漂的少年
像剛從樹上落下的
柳丁。抱著膝蓋時
看來更小。
大概跟柳丁一樣輕。

4

微風推擠他到細細的波峰

寫　真

1

無預警視線模糊，傘打開
單片隱形眼鏡覆蓋（度數不明）
我是水泥植物園內爬行的金花蟲

2

不知受甚麼指使
鍵入「剔透的腦袋」搜尋圖片──
最快抵達的是
一叢夜裡開花的水晶蘭

兩個剔透的腦袋
靠著彼此，偶爾因為摩擦
發出石頭的聲音，就像與你對談時
空氣會發出的那種聲音

3

天空青色的河在樹冠間蜿蜒
蛇在樹上複製這一幕。兩枚
S 型掛勾於是牽制著彼此。

4

窗上交疊的指紋
苦花魚在冰冷的激流扭動。老婦人看見
年輕丈夫的鬼魂蹲在庭院中。

5

攝影尚未發明時坦尚尼亞的牛羚如此遷徙
（通過歷史之水力發電所）
機車騎士自《國家地理》頁面衝下臺北橋

深褐色

我點名衣索比亞咖啡因為
蝗蟲不可勝數遮蔽莊園

你的到來遮蔽了我的衣索比亞
我的心日曬
我的心水洗
我的心蜜處理
這並不打緊

但（反其道而行——）
蝗蟲沿我的胃腸打開翅膀與眼睛
當你離開莊園我的公爵
綠且轉黑、向內群集、分泌攻擊性

某 隻 小 蛾

某隻小蛾
困在公寓樓梯
超過一個星期了──
每次經過牠就感到一種
哲學的忐忑；打開家門
牠也不跟進來

牠怎麼就不跟進來呢？
那根留在樓梯上的
棉花棒──是使用過的嗎？
像一根權杖
待在那裡，第三天了
在灰色的梯面上沒有動靜。

小蛾，你怎麼就不帶它
去外面走走？
我把鑰匙放在這裡
雖然你肯定拿不動它
你會知道（絨毛乳白，晃動的胸花）
那是我對你的歡迎。

內 獅 站 之 後

火車進入
曠野徘徊的聲音爭相擠入
高分貝的壓縮世界。隧道長號法國號地
如山體內牽牛花莖蔓生。
火車載著我
載著許多等速移動的聲音。曠野
變形聲線的怪獸，窗框上那名她尖叫
（　雙溪春尚好——）
雜訊在維台普斯課城鎮上空爆炸
（　也擬泛輕舟——）
雜訊在風的新娘的懷中如捧花

詩歌渴望離開內臟
因為開口是房間的逃生門
光亮盛放的銅之花
詩歌渴望通過然後離開

開口是火車衝入白色的太空
因為開口是白的
因為開口是白的曠野

四 射

中山堂四樓，女演員等待著
數位修復的自己。搭電梯上升
就像跑車空轉倒影帶
就像她人生第一次（在鏡頭前）扮女裝
她為主題曲獻唱。慢慢讓咖啡下去感覺電梯靠近
時光（就算戴白手套）刮痕在湖面上冰刀
抓在她臉上。光碟上
渾身藍光之仙子
跳著影展夜晚的慢舞。她攪拌
杯心凹下去那處：當年與模仿姊妹租賃下來的
普通歡樂之屋。

她的詩是入侵種

她的詩是入侵種
她的布袋蓮在別人的水域堵塞
優養化是她所擅長的一種化學
綠囊袋無性生殖地抖出又抖出包袱
她的念珠佈滿了水平面於是在她之後
詩都必須垂直地寫
在她之前得預防性引進特定昆蟲疫苗
確保水天一色
氧分子能暢所欲言使顏色交換
她的詩恨透了氧氣的交換
窒息式閱讀性快感
不也成功征服你的社區了嗎
信箱被傳單塞滿就是一夜之間
彷彿由她充滿正向能量的一夜情滋生
意欲做出象徵性抵抗的昆蟲
垂直地蓋建快閃店式的準詩作
窒息式閱讀性快感
準新郎們準備好面對了嗎
張開綠色保鮮膜她行走於水面
象徵性抵抗的一夜情
準新郎們不也塞滿信箱了嗎

在她充滿正向能量的優養化之後
詩都必須水平地寫
確保二氧化碳能夠加入戰局
純粹的同性戀不是太純粹了點嗎
碳是這麼想的她也同意
她的詩專門射出黑而快速的碳原子
沉溺於同性戀的準新郎們準備好了嗎
昆蟲攜帶顏色
預防性的入侵種交換社區
快閃店非常快閃店地
使刪除的信件與詩句保持美好

名 聲 的 考 證

關於名聲的神經痛不時發作。

當雨刷晃過視野，當毛球卡入外套拉鍊。

痛苦的形狀像一棵遭到雷殛的樹。

然後在檢討人際關係之外他開始思考名聲。

「名聲是一隻蜜蜂。」艾蜜莉・狄金生的句子。

想得太多對雙方都沒有好處。

幸運的絲線就像電話線這種古老的發明很可惜是會燒斷的。

蜜蜂透過八字形的舞蹈將訊息轉知其他成員。

關於有花粉的花，水源，新巢址的位置方向與距離。

倒楣遵守固定的原則而他亦步亦趨。可惡，拉鍊又卡住了。

「名聲是易變質的食物。」還是艾蜜莉・狄金生。

狄金生小姐您到底有多在意名聲。

思考一事往往能將注意力移往他處。

就像隱喻的行進。

就像累累的葡萄日日豐碩。

就像酒神的花環如果你感興趣。

僅僅十首詩在生前得以出版。

狄金生小姐用絲線將寫在各種紙片上的詩作縫成厚厚的書稿。

一千八百多首，她獨特的筆跡像某種傾斜的舞蹈。

傾斜的押韻與隱喻；還有許多美麗的押花。

有趣的事實：蜂蜜其實不算是易變質的食物。

但他得留意葡萄是否結霜。

所有的電話亭都在一步之遙。

先確定了神經痛是不需要看醫生的那種。

就欣賞痛苦雷殛的樹背景的晚霞。

那顏色是黑紅與淺黃。

Ｍｏｒｉ（消歧義）
　　　來自維基，自由的百科全書

Mori 是姓也是名。

它可能也指涉：
森，一個日本字代表「樹林」。
ɑɱɓɒ（以我們比較不熟悉的符號被記下）
在喬治亞的意思是「木頭」。

拉丁文的死。
現代義大利語
衍生自拉丁文：
黑皮膚的或
摩爾人的。
（黑皮膚的摩爾人在森林裡跳舞）

Memento mori
某種藝術的創造
提醒人們並非不死之身；
它是個物件，頭骨或之類
拉丁文（有話直說）：
「記得死」（必死無疑或
記得要死啊——）

Vincere aut mori ！
威廉・塞巴斯蒂安・馮・貝林，一名
普魯士輕騎兵將軍的口號
「得勝或死！」（翠登戰役時一人
說得勝。你要有所回答
Mori 是開鎖的鑰匙。
然後喬治・華盛頓穿越特拉華河。）

（小伙子的聲音從巷口轉角傳來
茉莉大概是名中國姑娘吧？）
反辭典的城市辭典卻反駁：
「她是名瑞典女孩
名字是她的嬉皮父母給的。
……她讓你想到向日葵。」
（女孩們牽起手的瞬間
芬芳美麗滿枝枒）

（我不知道她是誰
我不知道誰在雲端替她消歧義；
日本和喬治亞的樹
葉子與根會因為她開始相像嗎，樹梢會有鳥巢嗎；
她陳列於美術館，打光——
儘管陰間使者
偏好倒反的做法；
放在銀行家的桌上；

發行 emoji；記得她，她不是不死之身。
當我們列隊於陰間大門
對門眼另一邊的眼睛
喊出愛人的名字
仍是有效的嗎？

橘紅色的電梯隱蔽於死巷
按「向上」，箱子打開時不猶豫地走進去
我被包覆在一個詞裡面
我被包覆在「向上」的運輸中
詩人是反向被機械創造的。）

Mori 是一隻在蒙古的馬，最後的 i 母音不發音。

Recycle

我想像輪迴有一個資源回收般的三角標誌
靈魂分種類如 PET 、PVC、PELD……普通人
日常難以區辨。但一旦跨界，詩在另一邊
就成了重要的問題：

「一體成形沒有接縫，底部有一圓點
容易燃燒，燃燒時會有黑煙及芳香甜味。」
這是誰？是那個路上理著小平頭的年輕人？

「揉搓時不會發出沙沙聲；包裝膜
易撕開。容易燃燒，燃燒時沒有黑煙
有蠟燭味，火焰先端黃色下端青綠色。」
這是誰？是我曾背叛兩次的情人
還是明日將造訪的快遞員？

「輕折時有白痕出現
並有擴散現象。容易燃燒
有橙黃色黑煙，移離火源亦不熄滅
燃燒後軟化。」
親愛的母親，那是你嗎？

黑色的女中音
拋擲繩子給她的姊妹們。
命運的網像常見的兒童遊戲。
華格納在此寫到：「從今而後，憂愁成為我的歌。」
玩具、錄影帶、養樂多瓶
我們成為
我們彼此拋接
用手上的塑膠和下一人交換他們手上的塑膠

我想像有一天與曾坐在同一間教室的
高中同學像一箱透明的保特瓶等著讓
名聲頗差勁的閻王點名（它順應想像採取
某教官的臉），拖著柔軟可扭轉的身體
瓶蓋與瓶蓋交頭接耳。六十年後我們會這樣相聚嗎？

諸神也有黃昏。
河水是匍匐前進的寶特瓶大隊
久久一次凸出閃亮的鱒魚。朝聖者
輪流說故事
請、謝謝、對不起

鈍而純的黃昏——蜻蜓地暫停——身中央

最後一種欲望非常持久
普遍、簡單——美麗地
花上四百五十年，分解鏡子與「我」

He is a moveable feast

清淨機運轉燈亮
他乘電梯至高樓層用餐
掠食者眼中他近乎奢華
被所謂「笨侍者」的升降機運送

我在太空艙內久候多時
慾望的魚罟
於天空與我的獨立筒彈簧呈四十五度
以裙撐打開

扭 結

圓口玻璃杯，光的弓於其中
像單片旋轉的檸檬，綠的弦
若隱若現，青蛇攀爬在水分子的枝枒
我端詳這枚軟螺絲，不明所以地
意圖旋緊我。我想起昨晚的夢：
新朋友點了淡色的氣泡酒，我吃麵
旋轉叉子幫助它爬上去。他說：
別吃這鬼東西，喝完它
別的地方還有好的。
我把他的酒喝了
高級的氣泡也一粒不剩。忽然想到
一句中國成語
還有某種文人雅士的恐懼
彷彿因此他變化起來，歪歪曲曲如水中幻影
他是長得與我最相似的壞人
背誦著他不曾讀過的句子：
「我膽敢將整條蛇奉獻給你。」

光的弓斜斜地拉過身體
骨折的耳機在桌上扭結
忘記停止的音樂在耳機裡扭結
洗手間的水龍頭忘記扭上
天使在門的另一邊控制著喇叭鎖

沙 灘 上 的 丹 尼 爾

這是一張黑白照片。

上方有個潦草的簽名
就當作是那個從照片中
看向我斜後方的男人
我忘了關門因此他看向
那迫不及待湧入的白色的陽光
就像有人在外頭按下閃光燈
說「笑一個！」
但他也沒笑，反而一臉驚恐
怪我沒關好門

下方有一行字（同一個筆跡）
「誰在乎是為了錢還是為了愛？」
而我想寫這行字不外乎兩種意圖
第一，說服自己
第二，說服收到這張照片的人
第三，說服自己把照片寄給他

照片裡他一個人。
三張折起的海灘躺椅

他靠著其中一張
灰色的海，淺灰色的天空
與天空差不多顏色的沙。
我們在中間那張椅子的空隙中
同時看見海、天空、與沙
就像樸素的畫框

已不是體態美好的
少年了（但他希望他是）
那天的天氣或許不適合海邊
他穿著長袖與長褲
憤恨地對右方黑壓壓的岩石發脾氣
也可能是拍照時他才不甘心地穿上衣服

而就在可能爬滿貝類的礁岩左邊
有三張輕便的木椅子
一張是他的
一張給替他拍照的朋友
一張的空隙裡
可以同時看見海與天空與沙

遊 牧 的 營 地

側睡使他的右半身
像剛從土裡挖出來的雕像
麻木、潮濕
大腿上複印的床單摺痕
像缺漏的象形文字。睡醒時
考古學家游牧的營地已經撤離。

那杯昨夜喝一半的水
在空調運轉下減少，挪移到室外；
行至昨天的記憶，默默地
減少了。某些他的碎片像灰塵流落在世界上。

三名智者聽聞隨即啓程。
考古學家欲將碎片還原為本來的雕像。
商人盤算如何易手與宣傳（市立博物館好？
還是私人華廈？）先是等於整體，然後大於整體。
藝術家想都沒想
把它黏上牛與獅子的身體。

我看見書桌前
燈泡裡有他的眼睛。

睡醒的他
喝下杯中剩下的水
繼續行至昨天的人生。
而我有他的一隻眼睛。

魔 點

他的小房子與田野，他的狗，他自己與他的鄉愁
收納在荒廢的大教堂中。在巴黎，國家自然史博物館裡
有座動物園正展示神祕生物：破的吸音棉、打翻牛奶、
雜貨店會賣的某種膠狀玩具。
孩子為之瘋狂，領隊的安德烈·戈爾恰科夫不為所動。
「什麼東西擁有七百二十種性別，沒有四肢、
翅膀卻能移動，切成兩半，兩分鐘便能自癒？」
斯芬克斯站在玻璃箱上驕傲地問。「是詩，」
安德烈說。詩是一種「魔點」。
斯芬克斯因而羞愧撞壞了博物館的天花板。
孩子們圍住養在玻璃箱裡的詩。
當然，是的——
「牠討厭鹽，即使鹽後有食物，也不會立刻穿過去。」
「把牠放在迷宮中，牠會學習並找到最佳路徑。」
「兩個魔點放在一起，」安德烈以護持一支蠟燭的口吻說。
「學習過的一方會把知識傳遞給另一方。」

竹 子 （寫 在 西 莫 尼 德 斯 所 作 的 墓 誌 銘 後）

竹子在玻璃窗外
　　像皇家煙火
　　室內只見其動勢
　　無聲無光芒
　　無爆炸氣味

　　（迪菲山的褶層之下我們被摧毀，而國家
　　在我們上方，尤里普斯附近，豎立碑銘──
　　不能說不公平：我們失去了美好的青春
　　交換來粗礪的戰爭之雲。[2]）

---

[2] 楷體為西莫尼德斯（Simonides of Ceos，古希臘科奧斯的抒情詩人）所作之墓誌銘，翻譯自安・卡森（Anne Carson）的英譯本。

後記

《決鬥那天》書名的靈感，來自於紀錄片《電影中的同志》對《賓漢》與《紅河谷》兩部電影的解讀。我們在《賓漢》看見久別重逢的老友默契依舊，熱情地勾著手臂喝交杯酒，然而，不久他們將因為身為羅馬人與猶太人，在政治上成為仇敵。我們在《紅河谷》看見兩名牛仔興致盎然地交換手槍，比賽射擊，其中一名說：「你知道，只有兩件東西比得過一把漂亮的好槍：瑞士錶與不知來歷的女人。」

決鬥的方法、對象、使用的武器，在不同的情境中有各自的規則，但有一個核心是不變的——也就是使一件紛爭、一次異己的扞格、一場糾葛的關係，在限定的範圍內，做出判決與了斷。我好奇的是，因為「決鬥」而被迫濃縮集結的清單（好比在離婚訴訟上，你要為此蒐集、整理更多愛與不愛的證據），它可能一下子使一切鮮明的像復活一般，也可能來不及排解就撞成車禍，更常見的情況是兩者同時發生。我也好奇決鬥中「克制的敵意（與欲望）」。放在這裡的這些詩，包含了類似的機制，它們種種「以抗拒為推進」的伎倆，連我自己都大開眼界。

謝謝珊珊再一次為我的書找到理想的模樣。謝謝睿哲「鬥狗」的概念：群眾一面圍出空白的場地，一面化為華麗的項圈。梓評隔月一次的午餐時間，給我最好的鞭策與諮商，我也在與裕邦（Nicholas Wong）進行的對翻譯合作中獲益良多。而翊航永遠不厭其煩給我最高的讚美。謝謝你們。

決鬥老讓我想起周處除三害的故事。先上山刺殺猛虎，再下海擊潰蛟龍，最後才發現，我就是那個第三害（真是謝謝了，殘酷的世界）。《世說新語》中，發現自己被鄉親視為禍害的周處因而悔悟，重新做人。我想邏輯通常不是這麼運作的。對多數的周處不是，好吧，至少對我不是。我的風格是，忘了這事，繼續重複前兩件任務，上山刺殺猛虎，下海擊潰蛟龍。為了不要成為某種虛無主義的英雄，我也強烈建議你試試這個方法。

名家推薦

（依姓氏筆劃序排列）

從大幹特幹到極微觀，到「窒息式閱讀性快感」。不夠一秒的瞬間。「水成為漬的前一刻」。烘衣機暈眩事後的棉絮。甫定格、跳格、定格，偶爾重曝。物態的輪廓顯影紙上，幻燈片一張一張，而視覺押韻──你以科學家的顯微鏡放大一條蕉葉裂縫、一個 S 型掛勾、魚的一下扭動──攝影不能無光，惟有些光尤其上鏡：photogenically poetic。

「純粹的同性戀不是太純粹了點嗎／碳是這麼想的她也同意」──我是細胞──細胞也是這麼覺得──我同意。

──王和平 Peace Wong

扮裝的盛宴已經備妥酒水與音樂，在《決鬥那天》的事發現場，果物與人物皆剖開其肉身，執迷於觀看與被看。詩是陳柏煜的擬態，擬成冷淡的公寓、欲哭的烏雲、曖昧的檸檬，甚至在他手中，詩的多義性讓仇人一轉身就成為愛人，千面少女一轉身，就是自己的宙斯男孩。

──李蘋芬

mini me 終於來到決鬥那天，全場觀眾都在看，「詞」與「物」的纏綿與廝殺。他的武器是望遠鏡（鏡框加上新的鏡框的那種），瞄準萬物的背影，將博物學微縮到詩意最小單位（字詞）——秀拉點描派的相反，逐「點」檢視而不求「面」；當對手出現窒息式閱讀性快感或密集恐懼症，眼前的光線色調瞬間重組（順便跑了一趟人生走馬燈），太初有字，宇宙萬物被賦予新的意義。

——神神

在決鬥那天
男孩依約前往

他亮出了劍
卻得到了愛

——孫梓評

為了遮擋和曝光褲襠裏的帝國，柏煜以句格，以故作虛實的虎步執行詩歌可怕的穿刺計畫。

——郭品潔

決鬥之日，大家都該登場了：戀人，獵人，讀者，噴泉，姐妹，雙子座，渦蟲，教皇，小花蔓澤蘭，準新郎，黑色的女中音……場景地火天雷，文字壓抑迸裂之間，柏煜以詩，短句長句具象意象現象，築起詩人的愛／慾帝國，Shin-Gomorrah。

——陳牧宏

陳柏煜——弄泡泡的人——邀請讀者進入圓圈的主題樂園：綠點、釋迦、渦（蟲）、水管、電鑽（鑽出的孔）、繞圈的舞、紙鸚鵡螺、（人與貓的）睪丸、盆栽、酪梨、單片隱形眼鏡、（修剪的）松、光碟、圓口玻璃杯、氧分子……。現實銜接抽象的圓，圈出當代的都市景象，比上個世代的水泥色更加飽和，且暗潮洶湧（而細節，藏在詩行的括弧之中）。

——煮雪的人

讀《決鬥那天》的註記（依欣羨度，由弱到強）：

1.

這本詩集我越讀越餓，不確定是什麼正在吞噬，因此不得不打開電腦也寫詩抵抗。

2.

論年紀，年輕的柏煜比較有機會來推我……去曬太陽或下懸崖？但寫詩這件事，只有我大推特推他的份。也想問他，從這座詩行到那座詩行，他到底是怎麼過去的，以及如何爬上懸崖，「就像憑一己之力／攀登到那裡」。

3.

如果流落荒島，推薦帶什麼？這本詩集是第二名，第一名是柏煜本人。他腦子好特別。可惜不能只帶腦子。

4.

這本詩集真是充滿「折思」。沿著生活的虛線，尋常詩人折的是尋常物件，在柏煜手上，卻能折疊出兵器，許多首都是愛意混合殺意的現形，或在衝突的現場互犯武力（我的水管不時被打破因此我也打破別人的水管），有時也以美勞文書處理（越老的朋友／值得／越小的剪刀／來剪）。把《決鬥那天》攤平開來，正面像挑戰書背面是告白信，同時還是一張美食地圖。在此推薦釋迦、茼蒿、蕉葉、有蛋糕的那首等。喔對了，雕像那道也好吃。但請小心謹慎，好吃的東西往往銳利，靈活運用的兵器也是性器。

（以下省略一萬則註記）

——鄭聿

柏煜的詩初見時像金平糖，細緻甜蜜，讓人不自禁將全身感官埋入糖中。細讀而後，糖裡藏著雨水和眼淚，鹹腥中滲出斑斑點點的生命創傷。自創傷而來，所以也能傷人，《決鬥那天》甚至有著哈洛品特（Harold Pinter）劇本台詞的況味，集心疼和暴力於一身，但終究原因是因為不斷內爆的愛。

——鄭芳婷

陳柏煜的詩是一隻新種病毒，於是讀他的詩就很接近遭駭客入侵的過程——在那間不容髮美味劇毒瞬間，時空扭結挪移拼貼神經叢接上數位元，手上捧花如雜訊，顱內遭植入虛擬記憶比如一座活的教堂，如猿如野鶴層巒疊嶂綠意盎然而竟也有滿溢之聖樂甚至草葉上的露珠亦清新可聞——而最可怖最可讚歎的是，那顆遭提取後已當機更新升級的頭顱上的我的臉，竟仍帶著某種略帶腐味的姨母笑。

——隱匿

不破碎。裝飾音。睥睨。Finite Incantatem。顏色作為道德。
鮮豔。眼睛。

—文學作為一種藝術形式，作品本身不只是被體驗、被消化後就逸
散的東西，同時也是轉換率頗高、能被他人的寫作或言說所繼承
／消化其技藝的媒介。

—謝勒綠：1775 年，瑞典化學家發明了一種明亮的綠色化學染料，
因價格低廉、成色極美，被大量使用於布料與紙料。人們後發現
其會釋出劇毒砷，重度中毒可致心臟衰竭甚至死亡。相傳拿破崙
在他的房間被這種綠色殺死。

—我們無法藉由吃一道菜或看一幅畫而頓悟掌握其製作工法，但讀
一篇散文一首詩，卻能在字句上直接仿擬其動靜，在往後的書寫
或交談中使用，甚至成為語言中新的默契與規則。

—而裝飾音有的有趣之處，在於其看似增添了細瑣的、破碎的元素
進入樂譜中，但它們在音樂上的功效卻反而是使旋律更具有整體
感，更圓滑、更渾然。

—寫作者們或多或少共用著此一巨大的內容之洋，也共同增添或消滅它一點點。《決鬥那天》最令我驚嘆的，是它總在那規則顯現以前煞住，但直到那以前又不吝盡情衝刺，如目睹某人高明地潑灑一地水珠，使每一顆都停在它表面張力的極限。

——一只美好而劇毒的菇，鮮豔並忍住什麼。美與麻痺，死與高潮，這些在《決鬥那天》從未分裂，像天生就那麼危險的綠。

——蕭詒徽

他想來想去還是發了（一槍，或一張請帖）

馬翊航

想像你我的睪丸／其間有種快樂與痛苦對換的機制
——〈請柬〉,《決鬥那天》

不知道接下這個任務是否公平、是否冒險,我與這些詩作(或促成部分詩作的一手經驗)都不是初次會面。因此這篇文章對決的是陳柏煜的第二本詩集《決鬥那天》,或是我個人閱讀與寫作的習性,至此仍不太明朗——若難免大幹一場,不如就提槍上陣。

愛的藝術是不舉

柏煜在 2022 年發表了一篇語言簡潔,卻夾帶細密美學論的短篇小說〈愛的藝術〉。小說裡有幾個元素:創作者、前男友、還沒忘卻的感情與日常瑣碎。「藝術」是關鍵材料,在小說中引發一種「顯現之學」。閱讀它也近於「能不能把檸檬汁寫在紙上的字用火烤出來」,重點是訊息,也是將訊息編入的方式與介質。柏煜知道他的檸檬汁是什麼,但我們要去哪裡取火?有沒有可能不小心燒破紙片?在明快小說語言下,人物有面對舊情的懷戀與猶豫、捨不得按下拒接的手指。職業是插畫家的敘事者,在尚未找到為情賦義之「形」以前,也只得擱置其他選項。

《決鬥那天》或可視為〈愛的藝術〉的背對背寫作,從表情到節奏也都有明快特質,且「決鬥」不也意味了結「懸掛已久」之事嗎?只是決鬥不見得是強強速決,也會示弱、也會套招。同名詩作〈決

鬥那天〉，就更像跳針的記憶：退場的對手留下空地，執著的愛人揮舞空拳。收入三十八首詩的《決鬥那天》，有小巧靈活、尺度多變的戲劇場景，組建在太空與窗景間。閱讀者不難察覺，詩作中有諸多訊息、對白、意念，如蛇如仙子，在古典與惡趣味之間走位、攀談。看似鮮明飽和的當代生活，實是一組力求滑順、難免斷電的表演。如何在嚴密的舞台前後，持續地動心、動土、動武，詩人必須有「選擇定位點」的功夫。〈蕉葉上的裂縫〉是另一則關於愛的極短篇：聽起來很潮的「植物生活」如同親密關係，看似有選項，但更接近不得不為的轉向、被分歧。「我（依照指示）／機車騎過右邊第三條岔路就放開手／進入蕉葉上的裂縫。／那天是／五點四十分開始下雨。」那天那雨那蕉，葉裂之聲沒有要停下來。

《決鬥那天》的明快，也來自減低情緒形容詞、提高物質名詞的特徵，展示詩人對物件位置的分配、物質性（情）的探索。以物質拿捏速度感的詩人，近一些的例子有夏宇、零雨、郭品潔，更遠一些的光源可以是艾蜜莉・狄金森。《決鬥那天》的物質無處不在無役不與，但詩人並非著眼於微觀細描、以物比擬聯想，他更在意諸多「狀態」的變異與流勢，因而可以化關卡為關係，取百科作情書。我特別喜歡〈粉紅結〉、〈茼蒿進入宋朝〉、〈recycle〉此類詩作，將日常物搖曳於好用難用、拋棄回收、收拾料理的邊界。〈茼蒿進入宋朝〉裡有一個冷知識：茼蒿原產地中海沿岸，歐洲多作為庭園觀葉植物，宋朝時傳入中國後變成了蔬菜。煮過火鍋都明

白吧,「仕女 一烹調 急遽縮小」,美的符號變異壓縮了。詩裡還有另一個異物:「新來的同事」。「想像。/他知道如何使用茼蒿」,不只是氽燙三十秒的原則,而是「交易了 產生出 誤會過」的什麼,究竟去哪迢迢了。不舉不是我說的,「乏力的它更令人喜愛」(〈瀑布〉)。愛得欲振乏力、追憶得無能為力,難道不迷人?

男男片

自從柏煜將詩集定為《決鬥那天》之後,我也試著替他留意具有對決色彩的作品(我強力推薦金城武、林志穎共演的《校園敢死隊》)。前陣子北美館有特展「生活決定意識:高重黎」,有一件作品〈數據牛仔或遠離烏克蘭〉以兩尊決鬥牛仔機器人偶製成,中間隔了一面玻璃,光打在牛仔 A 這頭,玻璃上同時顯現牛仔 A 與牛仔 B 的疊影:曖昧同一。槍響,B 牛仔中槍。玻璃上有仍然站立的牛仔 A,與向前倒伏的牛仔 B:死活、虛實、有無、光陰。在此光影與「面」的辯證效果上,也連結著一組陽剛電影史的符號。與符號決鬥,以符號決鬥。

我們也曾一同看過 1960 年版的《陽光普照》,亞蘭・德倫飾演的湯姆,失手誤殺了富家子菲利浦,湯姆為了奪取菲利浦的財產與身份,第一步是模仿簽名。模仿簽名不是廢紙上寫三千次那樣的苦活,是需要一套光學工具。湯姆在豪華酒店中,以實物投影機,將菲利浦的護照簽名投到牆上,空中運筆銘刻肌肉記憶。亡者菲利

浦的相片，此時也一併投射在牆上，以幽魂身份凝視著他的替身。湯姆拿下了筆跡，但拿不下（他人）與菲利浦的記憶與關係。「愛你、殺你、變成你」的公式與變形，始終是意淫堆疊著追憶。

小說家陳柏言在評論柏煜《科學家》時，曾引用了普魯斯特的「光學儀器」來觀看：「讀者在閱讀的時候，全都只是自我的讀者。作品只是作家為讀者提供的一種光學儀器，使讀者得以識別沒有這部作品便可能無法認清的自身上的那些東西。」《決鬥那天》的畫面如同以上，可以是分裂的、意淫的、追憶的。詩集某些片段也確實有點腐、夾帶肉色——雕像色情、小便斗色情、公園色情、水漬色情。但他不只為了引起腐讀、歪讀的趣味，也要觸及日常「包裝」下的疑義，捕捉快感的恆久或不堪一擊：在飽脹褲檔內，有一團團蓄積痛苦的烏雲。

香港詩人黃裕邦曾以一首〈觀星〉記一代 G 星眞崎航之死，「這一夜，真正逼近的並非／特寫。回來吧，不行，／儘管他有強橫的髮蠟／也不行，儘管氣息被白矮星或黑洞吸走後，他也不行。」色情片裡怎麼可以有「不行」？當慾望與死亡變成天文的那一刻，色色也會澀澀；另一派情色洶湧、肌肉也悲傷的美學，我們已在陳牧宏《眾神與野獸》中有所領略。《決鬥那天》裡有四首相接的詩：〈在愛的帝國〉、〈綠線〉、〈請束〉、〈瀑布〉，場景是夜店、飯店，公廁與又一個公廁，像四幅關於約砲的連作。為了運輸那些

雄壯場景下的幽祕感覺，柏煜切片、列隊他的詩歌語言，讓功能各異的句子交錯出現，產生錯開、滑動、流勢的效果：「我不會告訴你瀑布到底是什麼樣子。／／數小時前我和他對坐，一同映上落地窗，成為夜景。當時我就該曉得。／／懸浮在虛空中。就像旅館走廊的緊急出口照明。／／三層蛋糕。他會挖空中間，再合起來。我說過我還沒準備好嗎？」以上來自〈瀑布〉的句子，記憶、指令、幻影，產生地勢落差，噴濺起來。此類美句並非神來一筆，《決鬥那天》的兄弟樣背後，是滿滿的大瀑布。

主奴等待連體

秀陶有一首名為〈室友〉的散文詩，讀起來曖昧曖昧的：「兩個人住在一起，從前叫同居，新一點的名詞稱作室友。異性的有，同性的也有，戀的不戀的都有。我也有個室友，同性，幾十年了，我們不戀，不但不戀而且近來幾乎連友也談不上了／年輕的那些時候，我同我的室友處得好極了。我的觸角伸入你的骨頭，你的呼吸走進我的毛孔。一個起意，另一個一定附和；一個為非作歹，另一個一定是從犯或者幫兇。同出同人，形影不離，彷彿暹羅連體人一樣」男分男捨之餘，詩到後半就知道乃寫自我之分裂。柏煜的〈扭結〉是這麼說的：「他是長得與我最相似的壞人。」男男對決會殊途同歸嗎？或許是《決鬥那天》裡的隱藏題組。

《決鬥那天》裡還有一系列與旅行經驗相關的詩作。其中〈栗林公

園〉寫「箱松」，其樹型乃經百年歷代匠人之手所塑，「譬如活的教堂，箱松／非一人之力可得，當我修剪／詩句時不時提醒觀覽的遊人及／雅好天才之思的自己」，是艾略特〈傳統與個人的天賦〉的變體，也是切入他美學觀、自我鍛鍊的一筆。決鬥是與傳統、與當代一搏（大家不妨留意輯二、輯三中所對話的創作者），如葉慈有詩〈雕像〉，而柏煜有〈雕像的背面〉：「他會回來並且／提著敵人的頭回來。他／進入自我的心靈／搜尋一個／同樣俊美同樣年輕同樣壯碩／的青年」詩集內有兩組連體的詩：〈雕像的背面〉配〈決鬥那天〉（兩首詩都收尾在狗與決鬥場）、〈進出口〉配〈在愛的帝國〉（都以「這事越來越難」起頭），都可以是同志情節再迴轉為自我對決，「敵我」、「物我」主奴互換、糾纏不休、交相使役，讀來過癮，但轉到雕像的背面，不免還有詩人的斟酌與自我「賣」磨。因此，詩集倒數第二首的〈魔點〉，此刻有接近收尾的意義。詩人把二十一世紀的奇特生物「魔點」，從內容農場中請出來、顯現詩：

「兩個魔點放在一起，」安德烈以護持一支蠟燭的口吻說。「學習過的一方會把知識傳遞給另一方。」

既然詩是一種魔點，其祕處就不僅是一而二、二而一的律動，可以有七百二十種性別，有厭惡、能自癒、會尋路──誰不期待自己的詩是這樣的？我面對差異與強者，慣性臣服、故作委屈，似乎是

最不適合決鬥的人選。不過，有了這樣的認知，索性跳下擂台、隱身於群眾的我，才發覺他遞出的戰帖或請柬，並不是無情物，也許只是最樸素的畫框。僅僅是看，就像獲得新的防身物，像走入一間可以盡情叫喊的新房。

《決鬥那天》發表記錄

1. 粉紅結（2020 年 9 月 16 日發表於《自由副刊》）

   茼蒿進入宋朝（2022 年 1 月 2 日發表於《自由副刊》）

   進出口（2023 年 2 月 17 日發表於《虛詞》）

   在愛的帝國（2023 年 4 月 13 日發表於《聯合副刊》）

   綠線（2022 年 8 月 17 日發表於《自由副刊》）

   請柬（2023 年 6 月 21 日發表於《自由副刊》）

   瀑布（2023 年 1 月 31 日發表於《自由副刊》）

   釋迦（2022 刊登於 VERSE 2 月號／第 10 期）

   蕉葉上的裂縫（2022 年 1 月 23 日發表於《聯合副刊》）

   雕像的背面（2023 年 5 月 17 日發表於《自由副刊》）

   決鬥那天（2021 年 4 月 6 日發表於《自由副刊》）

2. 貓呼喚（2019 年，未發表）

   橋（2019 年 9 月 26 日發表於《人間福報副刊》）

   之外（2020 年 3 月 2 日發表於《鏡週刊》）

   野餐（2019 年 10 月 31 日發表於《聯合副刊》）

   薄荷夜（2020 年 9 月 24 日發表於《聯合副刊》）

   栗林公園（2022 年發表於《吹鼓吹詩論壇——台灣詩學三十週年紀念專號》）

   直島上（2020 年 5 月 7 日發表於《鏡週刊》）

   檸檬的情歌（2020 年，未發表）

願意的五月（2020 年 5 月 8 日發表於《聯合副刊》、入選《貳零貳零臺灣詩選》）

金卷芳俊（2020 年初稿，2023 年定稿，未發表）

池田亮司（2020 年，未發表）

泳池（2020 年，未發表）

寫真（2022 年 7 月 25 日發表於《鏡週刊》、入選《2022 台灣詩選》）

深褐色（2020 年，未發表）

某隻小蛾（2023 年，《別字》第 65 期）

3. 內獅站之後（2019 年 11 月 15 日發表於《人間福報副刊》）

四射（2019 年，未發表）

她的詩是入侵種（2021 發表於太平洋詩歌節）

名聲的考證（2023 年 6 月 16 日發表於《聯合副刊》）

Mori（2021 年 10 月 23 日發表於《自由副刊》）

Recycle（2022 年 10 月 19 日發表於《自由副刊》）

He is a moveable feast（2019 年，未發表）

扭結（2022 年 2 月 28 日發表於《鏡週刊》）

魔點（2021 年 11 月 31 日發表於《聯合副刊》、入選《2021 臺灣詩選》）

沙灘上的丹尼爾（2023 年 1 月 19 日發表於《聯合副刊》）

游牧的營地（2023 年，《別字》65 期）

竹子（寫在西莫尼德斯所作的墓誌銘前）（2023 年，未發表）

AK00395

決鬥那天 The Art of Rivalry

作　　　者───陳柏煜
執行主編───羅珊珊
校　　　對───陳柏煜、羅珊珊
美術設計───吳睿哲
行銷企劃───林昱豪

總 編 輯───胡金倫
董 事 長───趙政岷
出 版 者───時報文化出版企業股份有限公司
　　　　　　108019 台北市和平西路 3 段 240 號
　　　　　　發行專線───（02）2306-6842
　　　　　　讀者服務專線───0800-231-705・（02）2304-7103
　　　　　　讀者服務傳眞───（02）2304-6858
　　　　　　郵撥───19344724 時報文化出版公司
　　　　　　信箱───10899 台北華江橋郵局第 99 信箱

時報悅讀網───http://www.readingtimes.com.tw
思潮線臉書───https://www.facebook.com/trendage/
法律顧問───理律法律事務所　陳長文律師、李念祖律師
印　　　刷───勁達印刷有限公司
初版一刷───二○二三年九月一日
定　　　價───新台幣三六○元
（缺頁或破損的書，請寄回更換）

ISBN 978-626-374-257-4
Printed in Taiwan

決鬥那天 / 陳柏煜著 . -- 初版 . -- 臺北市：
時報文化出版企業股份有限公司，2023.09
128 面；17 × 23 公分
ISBN 978-626-374-257-4（平裝）

863.51   112013535